AF452915

COLLECTION

DE FEU

M. L'AMIRAL JAURÈS

FAIENCES

PORCELAINES

Tableaux Modernes

LIVRES

PARIS. — IMPRIMERIE DE L'ART

E. Ménard et Cie, 41, rue de la Victoire

Désignation des Objets

TABLEAUX MODERNES

COROT

1 — *Sous les saules; bords de rivière.* *13100.*

Trois femmes sont arrêtées au bord d'un cours d'eau, dans une oseraie. Au fond, de l'autre côté de la rivière, une colline éclairée vivement.

Signé à droite.

Haut., 42 cent.; larg., 58 cent.

COROT

2 — *Bords de lac.* *10,000.*

Quelques personnages se tiennent sur la rive d'un lac, à l'ombre d'un grand bouquet d'arbres, qui se détache très nettement sur un ciel clair.

Signé à droite.

Haut., 39 cent.; larg., 59 cent.

COROT

3 — *Crépuscule.*

Bel effet de soir. Un grand bouquet d'arbres occupe le milieu du tableau, se détachant sur un ciel empourpré des dernières lueurs du jour.
Signé à gauche.

Haut., 47 cent.; larg., 59 cent.

COROT

4 — *Soleil couchant.*

Esquisse.
Signé à droite.

Haut., 23 cent.; larg., 30 cent.

DIAZ

(Attribué à N.)

4 bis — *Baigneuse.*

Haut., 30 cent ; larg., 20 cent.

ÉCOLE FRANÇAISE

5 — *La Corderie.*

Haut., 31 cent.; larg., 44 cent.

FORTUNY

6 — *Au soleil.*

> Esquisse faite en Espagne. Un grand mur devant lequel se chauffent au soleil une quantité de personnages.
> Signé à droite, avec dédicace à Zamacoïs.

Haut., 25 cent.; larg., 45 cent.

JONGKIND

7 — *Navires sur un fleuve.*

> Un grand navire vogue majestueusement sur un large fleuve aux eaux agitées, bordé des deux côtés de rangées de peupliers. Au fond, quelques collines.
> Signé à droite et daté 1865.

Haut., 50 cent.; larg., 70 cent.

JONGKIND

8 — *Le Quai de Gesvres, à Paris.*

> Au premier plan, de nombreux chevaux, venus à la baignade, donnent lieu à des scènes très animées. Au fond, les maisons en perspective : un pont et des monuments dans le lointain.
> Effet de soir.
> Tableau de très belle qualité.
> Signé à gauche et daté 1869.

Haut., 38 cent.; larg., 64 cent.

JONGKIND

9 — *Chantiers de bateaux sur un canal de Hollande.* *1250.*

A gauche, un bateau en construction. Au fond, se voient un pont suspendu et un moulin.
Signé à gauche et daté 1869.

Haut., 40 cent.; larg., 65 cent.

JONGKIND

10 — *Navires dans les bassins.* *1250.*

Plusieurs navires sont rangés le long des quais bordés de maisons basses.
Signé à droite et daté 1864.

Haut., 41 cent.; larg., 55 cent.

JONGKIND

11 — *Entrée de village; soleil couchant.* *1000.*

Une charrette passe sur la route, bordée d'arbres, non loin de l'église, dont on aperçoit le clocher.
Signé à gauche et daté 1862.

Haut., 30 cent.; larg., 50 cent.

JONGKIND

12 — *Brick et barque de pêche à l'em-bouchure de la Meuse.*   *340.*

Ces deux bâtiments naviguent l'un près de l'autre sur les flots agités du vaste estuaire de la Meuse. Signé à droite et daté 1862.

Haut., 24 cent.; larg., 32 cent.

JONGKIND

13 — *Chaloupes devant Dordrecht.*   *400.*

Ce sont des barques de pêche naviguant sur la Meuse. Au loin, s'aperçoivent le rivage et le clocher de la ville.
Signé à gauche et daté 1872.

Haut., 21 cent.; larg., 32 cent.

LEMAIRE

(Mme MADELEINE)

14 — *Merveilleuse et Incroyable.*   *400.*

Tous deux, bras dessus, bras dessous, rient avec affectation d'un buste comique en marbre noir placé sur une haute colonne.
Aquarelle.

LEMAIRE

(Mme MADELEINE)

15 — *La Toilette.*

Une jeune femme, en déshabillé, assise devant une table de toilette, se baisse pour chausser sa mule.
Aquarelle.

MADRAZO

(R. DE)

16 — *Tête de jeune femme espagnole.*

Signé à droite.
Forme ovale.

Haut., 48 cent.; larg., 38 cent.

PENNE

(O. DE)

17 — *Relais de chiens.*

Trois chiens de meute accouplés, assis ou couchés, attendent, près d'un buisson, le moment de reprendre la chasse.
Signé à gauche.

Haut., 32 cent.; larg., 23 cent.

RIBOT

18 — *Christ en croix.*

> Haut., 62 cent.; larg., 36 cent.

VAN MARCKE

(ÉMILE)

19 — *Vaches au pâturage.*

Sur un pré, près de la mer, plusieurs animaux couchés ruminent tranquillement. Au fond, un canot tiré à sec. Temps gris.

Signé à gauche.

> Haut., 32 cent.; larg., 42 cent.

OBJETS D'ART

ET

DE CURIOSITÉ

FAIENCES ORIENTALES

20 — Grand plat fond bleu, à décor de branchages fleuris réservés en blanc avec parties teintées en bleu turquoise.

21 — Plat à bord festonné, décoré, sur fond blanc, de branchages fleuris en gros bleu, bleu turquoise et vert olive.

22 — Petit plat décoré en bleu; au fond, un cyprès entouré de tiges fleuries; bordure de rinceaux à grosses fleurs.

23 — Plat à grande rosace centrale à contour dentelé et décorée de rinceaux sur fond rouge.

24 — Plat à rosace centrale fond bleu entourée d'arcatures.

25-26 — Quatre pots cylindriques, à anse rectangulaire ; décor polychrome, de barques sur l'un, de fleurs sur les trois autres.

27 — Deux pots bursaires, à anse en S, et décor polychrome.

28 à 47 — Vingt plats variés, à décor polychrome de fleurs.

48-49 — Deux plats décorés d'oiseaux ; sur l'un, un paon.

50 — Plat à décor polychrome rehaussé d'or ; au centre, une aiguière entourée de fleurs.

FAIENCES HISPANO-ARABES

51 — Vase cylindrique, de forme déprimée, décoré en bleu et brun jaune, à reflets métalliques de zones superposées ; au pourtour, des rosaces.

52 — Vase de même forme, décoré en bleu de deux zones superposées contenant des disques séparés par des feuillages symétriques.

53 — Grand plat à ombilic, décoré en bleu et brun à reflets métalliques ; sur l'ombilic, un écu portant un aigle ; autour, quatre zones concentriques décorées de feuillages symétriques alternativement bleus et bruns. — Valence.

54 — Grand plat à ombilic, décoré d'imbrications en brun à reflets métalliques, rehaussé de points bleus ; sur l'ombilic, un écu portant un lion.

55 — Plat à ombilic, décoré en bleu et brun, à reflets métalliques de bandes en spirale.

56 — Grand plat à ombilic, décoré en brun à reflets métalliques ; sur le marli, des godrons inclinés ; sur l'ombilic, un lion héraldique.

57 — Grand plat à ombilic, décoré en brun à reflets métalliques ; sur le marli, bordure de grands fleurons ; sur l'ombilic, un écu portant un lion.

58 — Grand plat à ombilic, décoré en bleu et brun
à reflets métalliques ; sur le marli, quatre grandes feuilles dentelées bleues. *160.*

59 — Grand plat à ombilic terminé en pointe, décoré en bleu d'une rosace crucifère. *40.*

60 — Plat à ombilic, décoré, en bleu violacé et brun,
d'une grande rosace à quatre lobes. *30.*

61 — Plat creux à ombilic, à décor brun et reflets
métalliques. — Malaga (?). *91.*

62 — Plat creux à ombilic, décoré, en brun à reflets
métalliques, d'arabesques et rinceaux divisés en
compartiments. *40.*

63 — Petit plat creux à ombilic, décoré en brun
jaunâtre à reflets métalliques ; au centre, un
poisson. *52.*

64 — Écuelle à quatre oreilles, à décor à compartiments en brun à reflets métalliques. *30.*

65 — Petite écuelle à deux oreilles, décorée en
bleu. *7.*

FAIENCES ESPAGNOLES

MANISEZ

66 — Buire en casque à piédouche, anse rectangulaire et déversoir; décor cuivreux à reflets; au
culot, cinq godrons émaillés en vert.

67 — Buire de même forme et décor analogue.

68 — Plat creux à ombilic, à décor plein en brun
rougeâtre à reflets cuivreux : un bœuf portant
sur la croupe une cigogne debout.

69 — Plat à ombilic, à décor brun-rouge à reflets
cuivreux de feuillages et oiseaux; sur le marli,
trois feuilles bleues.

70 — Six petites écuelles à oreilles, variées de décor à reflets métalliques; l'une est rehaussée de
bleu.

71 — Deux petits plats, à décor brun à reflets métalliques de lions héraldiques.

72 — Petit plat analogue décoré d'un coq.

73 — Petit plat analogue décoré d'un canard.

74 — Petit plat à reflets, à décor rayonnant à huit
compartiments ; au centre, un petit ombilic.

75 — Petit plat à reflets, à décor crucifère et quatre
bouquets.

76 — Petit plat analogue, décor à damier.

77 — Petit plat analogue à décor rayonnant fleu-
ronné.

78 — Petit plat analogue : un oiseau au milieu de
feuillages.

79 — Petit plat analogue à décor en éventail.

80 — Assiette fond bleu, à décor de rinceaux en
brun à reflets métalliques.

81 — Plaque rectangulaire à large bordure en relief à reflets rouges cuivreux entourant l'inscription : *Ave Maria*, en bleu et formant relief.

82 — Grande vasque hémisphérique à bord évasé, élevée sur piédouche, décorée en rouge à reflets cuivreux ; à l'extérieur, de grands rinceaux ; à l'intérieur, une rosace entourée de quatre bouquets symétriques.

TALAVERA DE LA REINA

83 — Grand vase ovoïde à col cylindrique à bord saillant et à deux anses ; décor bleu de paysages avec châteaux.

84 — Grand vase de même forme à décor polychrome de paysages avec enfants et animaux ; sur chaque face du col, deux enfants tenant élevé un gril.

85 — Grand broc en forme de chien assis, dont la queue relevée et composée de rinceaux forme l'anse ; il est teinté aux couleurs naturelles, et porte entre les pattes un écu surmonté d'une couronne de marquis et portant : *Viva el Senor D. Damian de Santo.*

86 — Plat à décor plein polychrome   paysage avec
cavalier attaquant un taureau   130.

87 — Plat à large bordure d'arbustes entourant un
écu aux armes de l'Escurial.   105.

88 — Plat à décor plein : un cheval renversant par
terre un enfant, dans un paysage.   54.

89 — Quatre petits plateaux à décor varié d'enfants,
cigognes, etc.   43.
                                        27.

90 — Deux plats polychromes à décor plein, l'un   28.
portant une corbeille de fruits, l'autre un pay-   26.
sage avec des hommes d'armes.

91 — Deux plats polychromes à décor d'animaux
dans des paysages.   43.

92 — Plat long à bords festonnés, décoré en bleu
·d'une chasse au sanglier.   30.

93 — Plat à barbe en forme de coquille à décor
polychrome : combat d'un chien et d'un tigre,   40.
sur un fond semé de papillons et de fleurettes.

94 — Soupière sphérique à couvercle surmonté d'un bouton ; décor polychrome en plein de paysages avec sujets de chasse.

95 — Grand bol à décor polychrome de sujets de chasse dans des paysages.

96 — Grand bol à décor polychrome : un lion et un cheval combattant.

97 — Deux saladiers de forme évasée et côtelés à décor polychrome, dont l'un porte, au fond, un enfant tenant un encensoir ; au pourtour intérieur, des arbres et des cigognes.

98 — Deux plats à barbe polychromes, dont l'un porte un cheval courant et l'autre, des têtes de chérubins dans des médaillons.

99 — Plat à motif ornemental central, composé de deux sirènes entourées de rinceaux et double bordure de groupes de fruits et ornements.

100 — Deux petits plats longs octogones, décorés en bleu, l'un à bordure de godrons et oiseau

au fond, l'autre à bordure de damier et feuilles
d'acanthe, portant au centre un animal courant
avec une inscription.

101 — Quatre plateaux quadrangulaires à épices,
dont trois à décor polychrome d'enfants, animaux, etc., et un en camaïeu blanc avec inscription.

102 — Bol décoré en bleu : au centre, une armoirie ;
bordure de rinceaux.

103 — Plaque décorative ajourée, représentant une
figure grotesque d'homme agenouillé, dont les
bras et les jambes se terminent en rinceaux ; il
porte sur une épaule une coupe remplie de
fruits.

104 — Vase ovoïde surbaissé à ouverture cylindrique ; décor polychrome de paysages et armoiries.

105 — Deux petits vases de pharmacie cylindriques
déprimés à ouverture évasée ; décor polychrome
d'animaux.

106 — Vase quadrangulaire décoré en bleu, vert et
jaune de branchages chargés de fruits.

107 — Buire en casque à culot goudronné et anse
terminée en volute ; décor de paysage avec animaux.

108 — Pot bursaire à anse et déversoir, décoré en
bleu d'un paysage ; sur la face, une armoirie.

109 — Aiguière ovoïde à piédouche et col cannelés,
anse accompagnée de fruits en ronde bosse et
déversoir formé par un mascaron ; décor bleu
de bordures, guirlandes et perles en relief.

110 — Deux vases ovoïdes à ouverture cylindrique,
décorés en jaune et bleu de grandes fleurs et
d'un aigle aux ailes éployées.

111 — Coupe à corps cylindrique côtelé et bord
évasé, élevée sur piédouche à décor polychrome
de fleurs et feuillages ; à l'intérieur, une inscription.

112 — Plat à large bordure de rinceaux encadrant
un paysage avec château à nombreuses tourelles.

113 — Plat à décor plein en bleu : paysage avec château.

114 — Deux plats décorés en bleu, l'un portant les armes de Castille et Léon et l'autre un lion passant, dans un paysage, avec inscription.

115 — Six assiettes à décor polychrome varié : cigognes, perroquet avec l'inscription : *S. Luis de Castro*, lièvre, armoirie portant cinq bourses, etc.

ALCORA

116 — Grande fontaine d'applique et son bassin, décorés en bleu et jaune dans le style de Bérain ; sur la face, une figure de femme tenant un miroir et assise sur un dauphin au milieu d'une fontaine ; les anses sont formées par des têtes de satyres teintées en jaune. En dessous du bassin, la marque : R.

117 — Grand plat à bord lobé ; au centre, un lévrier courant ; sur le marli, bordure de fleurs et rocailles.

118 — Deux plaques d'applique oblongues à encadrement de rocailles en relief ; paysage et marine finement peints.

119 — Deux chandeliers soutenus par des figurines de nègres en costumes Louis XV.

120 — Quatre figurines de personnages en costume de théâtre.

121 — Deux petits plats longs et deux assiettes, décorés de bouquets symétriques.

122 — Deux boîtes à épices à trois pieds et couvercle ; décor polychrome de fleurs et oiseaux.

123 — Trois plats longs variés de dimension, à décor de bouquets polychromes.

124 — Buire à anse en S et ouverture s'évasant en déversoir ; décor de bouquets et oiseaux.

125 — Trois oiseaux : un canard et deux perdrix décorés aux couleurs naturelles.

126 — Trois figurines d'animaux : un mouton, un singe et une grenouille.

127 — Cinq assiettes portant des fruits en ronde bosse.

128 — Assiette portant un lézard en ronde bosse.

129 — Assiette décorée, au centre, d'un éléphant.

130 — Plat à barbe en forme de coquille à décor polychrome : un groupe de fruits et des bouquets.

131 — Plat creux ovale à saigner ; décor polychrome : au fond, paysage maritime avec une inscription placée sur une banderole soutenue par des oiseaux.

132 — Grand plat décoré en bleu, jaune et vert de figures pseudo-chinoises ; bouquets et papillons.

PUENTE DEL ARZOBISPO

133 — Petit plat décoré, sur fond blanc, d'un lapin en brun cerné de noir.

134 — Plat décoré en bleu et jaune d'ocre : au fond
un cavalier menaçant un sanglier de sa lance ;
sur le marli, des cornes d'abondance.

135 — Plat décoré, en bleu et jaune d'ocre, d'un
monstre marin.

136 — Plat aux mêmes couleurs : une tête de guerrier casqué.

137 — Plat aux mêmes couleurs : un lion héraldique et bordure de rinceaux et feuillages.

138 — Plat à ombilic aux mêmes couleurs, décor
rayonnant à compartiments de bouquets ; sur
l'ombilic, un cheval.

139 — Plat aux mêmes couleurs : une tête de femme
en costume du commencement du XVIIe siècle,
accompagnée de rinceaux.

140 — Cinq plats aux mêmes couleurs, décorés
d'écussons armoriés, l'un avec le monogramme
du Christ.

141 — Cinq plats aux mêmes couleurs, portant, au centre, un personnage en costume du commencement du XVIIe siècle, appuyé sur une canne.

142 — Petit plat aux mêmes couleurs, portant au centre un oiseau.

143 — Trois assiettes aux mêmes couleurs, décorées d'armoiries.

144 — Plat décoré en bleu et jaune clair de bordures concentriques ; au centre, un oiseau.

145 — Petit plat décoré en bleu : une dame entourée de tiges fleuries.

TOLÈDE

146 — Grand plat à ombilic, à décor rayonnant à six compartiments, contenant une grande feuille déchiquetée sur fond ocre ; bordure de rosace et d'entrelacs sur le marli ; sur l'ombilic, un oiseau.

147 — Deux petits plats : l'un, à fond de rinceaux bleus avec rosaces jaunes ; l'autre, décoré de rinceaux à grandes feuilles vertes et fruits jaunes.

148 — Deux plats à décor polychrome d'oiseaux ; sur l'un, un aigle ; sur l'autre, une pie.

149 — Deux assiettes polychromes : l'une avec tête casquée ; l'autre, décorée d'un chien courant.

150 — Grand plat à décor polychrome ; au fond, une tête d'homme coiffée d'un bonnet à bandes jaunes et bleues ; sur le marli, bordure de rosaces.

151 — Plat décoré en bleu et jaune ; au fond, un paysage avec un homme en costume du commencement du XVIIe siècle, et une femme nue.

152 — Plat décoré en bleu et jaune ; au fond, une tête de femme.

FABRIQUES DIVERSES

153 — Sept plats décorés en bleu d'animaux divers. — Triana.

154 — Plat à barbe à bords festonnés, décoré d'arabesques en bleu. — Triana.

155 — Vase fuselé à ouverture évasée à quatre lobes et deux anses; décor en bleu, jaune et manganèse de bouquets de feuillages sur un fond blanc pointillé de bleu.

156 — Buire en casque à corps cannelé, piédouche, déversoir et anse formée par un dauphin; décor bleu de rinceaux fleuris et oiseaux.

157 — Grand plat à décor analogue.

158 — Plat décoré en couleurs très vives de deux femmes dans un paysage. Bordure en bois doré.

159 — Lot de brocs, salières, présentoirs, etc.

CARREAUX DE REVÊTEMENT (AZULEJOS)

160 — Quatre carreaux rectangulaires, fond bleu à losange blanc, contenant une étoile jaune.

161 — Deux carreaux de même forme, décorés de
grappes de raisin.

162 — Carreau de même forme, portant un camé-
léon posé sur une tige feuillue.

163 — Deux carreaux de même forme en hauteur,
décorés de cigognes bleues inscrites dans des
entrelacs jaunes.

164 — Deux carreaux quadrangulaires, provenant
d'une frise et décorés de grands fleurons
jaunes.

165 — Quatre carreaux quadrangulaires à décor de
rosaces polychromes avec reflets métalliques.

166 — Trois carreaux rectangulaires, décorés d'écus
et palmettes en couleurs.

167 — Un analogue, portant un écu entouré de
lances renversées.

168 — Trois carreaux à décor d'entrelacs symétriques.

169 — Deux carreaux à angles tronqués concaves,
portant une inscription arabe au centre d'entrelacs symétriques.

170 — Carreau à reflets métalliques, portant la
Tour de Castille.

171 — Carreau rectangulaire, portant l'aigle d'Autriche en couleurs à reflets métalliques.

172 — Plaque ronde, portant l'écu des rois catho-
liques, placé sur la poitrine d'un aigle aux ailes
éployées.

173 — Dix carreaux de formes et décors variés.

GRÈS ALLEMANDS

174 — Canette cylindro-conique à quatre lobes,
portant sur la face un écu armorié ; sur le côté
gauche, un guerrier ; à droite, des sujets bi-
bliques. — Grès blanc de Siegburg.

175 — Canette de même forme, décorée d'armoiries
et portant la date de 1574. — Grès blanc de
Siegburg.

176 — Pot cylindrique légèrement renflé, à anse et
décor en relief de cariatides et mascarons dans
de riches encadrements. — Grès brun de Rœren.

177 — Pot à anse, à corps ovoïde, piédouche et col
cylindrique à côtes horizontales ; au pourtour,
huit écus armoriés en relief sous des arcatures
soutenues par des cariatides. — Grès brun de
Rœren.

178 — Pot à corps sphérique et ouverture cylindrique, décor en relief, émaillé en bleu, blanc,
rouge et jaune de palmettes et fleurs ; sur la
face, une grappe de raisin. — Grès de Creussen
(Bavière).

179 — Pot à tabac cylindrique ; au pourtour, frise
en relief émaillée en couleur, représentant les
apôtres. — Grès de Creussen.

180 — Pot bursaire à anse et piédouche, fond brun

foncé à décor de bandes en spirale émaillées en couleur ; sur la face, un homme et une femme en buste, en costume du XVIIe siècle. — Grès de Creussen.

181 — Pot sphérique à anse, décoré de torsades en spirale, alternativement blanches, noires et bleues. — Grès de Creussen.

182 — Pot cylindro-conique à anse, à décor polychrome en relief ; sur la face, un buste de femme dans un encadrement lauré ; de chaque côté, un cerf ; de chaque côté de l'anse, un chasseur et un ours. — Grès de Creussen.

183 — Pot à anse cylindrique, émaillé en bleu et violet de manganèse ; au pourtour : Daniel dans la fosse aux lions. — Grès du Westerwald.

184 — Pot à anse, à corps ovoïde, piédouche et col cylindrique ; partiellement émaillé en bleu ; autour de la panse, frise de mousquetaires en relief. — Grès du Westerwald.

185 — Bouteille à corps sphérique aplati, fond bleu,

semé de médaillons ovales en relief en violet de
manganèse aux armes de la Ville de Paris ; sur
chaque face, les armes d'un prince-abbé. —
Grès du Westerwald.

183 — Petit pot à anse cylindrique, décoré, sur fond
bleu, d'une frise en relief entre deux bordures
de pointes de diamant. — Grès du Westerwald.

187 — Petit pot à corps sphérique et col cylindrique
avec anse en S, décor de bandes perpendiculaires alternativement émaillées en bleu et
violet de manganèse. — Grès du Westerwald.

188 — Pot cylindrique à anse, décoré, au pourtour,
d'une frise de grands rinceaux émaillés en bleu,
entre deux bordures de pointes de diamant en
violet de manganèse. — Grès du Westerwald.

189 — Pot ovoïde à anse et goulot tubulaire, décoré
de grands rinceaux à fleurs en reliefs et émaillées en bleu sur fond de manganèse. — Grès
du Westerwald.

190 — Cruche à corps ovoïde et col portant à l'ou-

verture un mascaron en relief ; décor en relief
sur fond d'émail bleu et manganèse ; sur la face,
un écu aux armes de France formant le centre
d'une étoile. — Grès du Westerwald.

191 — Cruche à anse de même forme, décorée sur
fond bleu d'un semé symétrique en relief de
vases contenant des fleurs. — Grès du Westerwald.

192 — Pot cylindrique à anse, décoré au pourtour
d'une frise d'oiseaux et étoile rayonnante réservés sur fond bleu entre deux bordures de pointes
de diamant. — Grès du Westerwald.

193 — Cruche à anse de forme bursaire, émaillée
en bleu et manganèse ; décor de grands rinceaux gravés profondément. — Grès du Westerwald.

194 — Pot cylindrique à anse décoré en bleu et
manganèse de bandes perpendiculaires alternées ;
sur l'une, des rosaces superposées ; sur l'autre,
un médaillon orné de clochetons. — Grès du
Westerwald.

195 — Cruche à corps sphérique et col cylindrique, émaillée en violet de manganèse et décorée, sur la panse, de trois grandes étoiles ; celle de la face contient, en bas-relief, l'effigie de Guillaume III, d'Angleterre. — Grès du Westerwald.

196 — Petite cruche à corps ovoïde, piédouche et col cylindrique orné d'un mascaron ; sur la face, un médaillon rond, contenant, sur fond de manganèse, un écu armorié en relief. — Grès du Westerwald.

197 — Cruche à corps sphérique, à anse, piédouche, et col cylindrique émaillé en bleu ; sur la face, un écu réservé en relief contenant les armes des *Ancillon de Buy*. — Westerwald.

198 — Écritoire de forme rectangulaire, à compartiment antérieur et deux godets pour l'encre et la poudre ; grès émaillé en bleu et violet de manganèse ; sur les côtés, deux lions couchés ; sur les faces, des têtes de chérubin. — Westerwald.

199 — Pot à anse, de forme bursaire, brun pâle décoré de médaillons en couleurs contenant des portraits.

200 — Plat décoré en émail bleu sur fond gris ; au centre, un cheval.

201 — Pot cylindrique à anse, fond émaillé chamois à reliefs de rosaces inscrites dans des cercles formés de petites perles ; le cœur des rosaces émaillées en blanc est émaillé en noir.

202 — Pot cylindrique à anse en grès gris à décor gravé et en relief.

203 — Pot cylindrique à anse en grès brun, décoré de reliefs émaillés en gros bleu et blanc ; sur la face, un baril et les ustensiles du tonnelier.

FAIENCES DIVERSES

204 — Assiette décorée en bleu et couleurs ; au fond, dans un encadrement polychrome, une femme s'éventant, assise près d'une table où se trouve un vase de fleurs ; sur le bord, légère bordure de lambrequins et fleurons interrompue par un écu armorié. — Rouen.

205 — Deux jardinières d'applique, décorées de rocailles polychromes. — Rouen.

206 — Deux raviers décorés en bleu et rouille. — Rouen.

207 — Cuvette oblongue, décor à la corne. — Rouen.

208 — Deux plats décorés de paysages avec personnages en bleu. — Nevers.

209 — Petit plat et assiette armoriés, décorés en bleu et violet de manganèse, et un petit plat long à bord godronné, décoré, au fond, d'un personnage en costume épiscopal. — Nevers.

210 — Deux assiettes à fond jaune décorées de bouquets. — Marseille.

211 — Assiette décorée de poissons et bouquets polychromes. — Marseille.

212 — Petit plat long et six assiettes décorés de bouquets polychromes. — Marseille.

213 — Sept assiettes décorées de bouquets en émaux verts. — Marseille.

214 — Deux plats longs, à bords contournés ; décor polychrome de bouquets. — Marseille.

215 — Plat long à bords lobés portant au fond un paysage maritime dans une large bordure jaune et rouge ; sur le marli, quatre bouquets. — Marseille.

216 — Plat long à bord festonné, décoré de bouquets polychromes. — Strasbourg.

217 — Un plat et vingt-deux assiettes à décor analogue. — Strasbourg.

218 — Gourde à corps annulaire, quatre petits pieds, anse et goulot contournés ; décorée en violet et jaune d'oiseaux sur terrasse ; les pieds et l'anse sont décorés en bleu. — Faïence russe. (Fabrique de Catherine II.)

219 — Gourde de même forme, décorée en bleu vert et jaune, portant sur chaque face l'aigle à deux têtes de Russie, accompagné de la date 1805 et d'une inscription en arménien. — Même fabrique.

220 — Pot cylindrique à anse, en faïence émaillée
en jaune ; monture en étain. — Hollande (?).   *16.*

221 — Pot analogue émaillé en bleu turquoise.
— Hollande (?).

222 — Grande soupière ovale, bordée d'une lourde
guirlande de feuillages renouée aux anses par
un ruban lilas et blanc ; sur le couvercle, poi-
gnée analogue ; décor polychrome de bouquets.
— Faïence de Kiel.   *26.*

223 — Cuvette ovale à bord contourné, décorée en
bleu ; au fond, dans un encadrement de rocailles,
un berger et une bergère dans un paysage.
— Faïence de Delft.   *16.*

224 — Pot cylindrique à anse, à décor polychrome
pseudo-chinois. — Delft (?).   *20-*

225 — Pot cylindrique à anse, à fond jaspé violet
de manganèse et décor bleu sur réserve ; sur la
face, un cartouche surmonté d'une couronne
fermée et contenant un sujet pseudo-chinois.
— Faïence allemande.

226 — Cinq assiettes à fond pointillé de violet de
manganèse, avec réserves de paysages en vert
et jaune. — Savone.

227 — Deux assiettes décorées en camaïeu bleu de
paysages à personnage. — Savone.

228 — Hanap de forme ovoïde, à piédouche, anse
rectangulaire, bec allongé et couvercle adhérent, émaillé en brun foncé et décoré de rosaces
et palmettes en relief émaillées en vert et blanc
jaunâtre. — Terre vernissée d'Avignon.

229 — Hanap de même forme plus petit, à décor de
palmettes, rosaces et bordures trilobées, émaillé
en vert et blanc jaunâtre sur fond brun. —
Terre vernissée d'Avignon.

230 — Pot ovoïde, à anse, émaillé en brun et décoré en or à froid d'un motif ornemental au
milieu duquel est un homme couché auprès d'un
lion assis.

231 — Groupe en terre émaillée : Enfant sur un
dauphin. — Suite de Palissy.

232 — Quatre plats, imitation de Palissy. — Fabrique de Pull. *180.*

PORCELAINES DE SÈVRES, ETC.

233 — Base de jardinière ovale à partie supérieure ajourée ; fond rose marbré de bleu et d'or, à réserves contenant des fleurs. — Porcelaine tendre de Sèvres, 1761. *200.* *Stettiner*

234 — Deux seaux ovoïdes à deux anses formées de palmettes bleu et or ; décor de bouquets polychromes. — Porcelaine tendre de Sèvres. *1000.*

235 — Pot à eau couvert et cuvette ovale, à bord de dents de loup doré et filet bleu ; décor de bouquets polychromes. — Porcelaine de Sèvres ; la cuvette et le couvercle en pâte tendre, le pot à eau en pâte dure. *52.*

236 — Service composé de trois tasses ovoïdes à anse, une théière, un sucrier et un pot à lait, à bord de dents de loup doré et décor de bouquets. — Porcelaine tendre de Sèvres. *138.*

237 — Deux théières à décor analogue. — Porcelaine tendre de Sèvres.

238 — Grand plat à médaillon central contenant un bouquet de roses et pensées ; sur le marli, des roses semées. — Porcelaine dure de Sèvres.

239 — Grand plat décoré de barbots semés. — Porcelaine dure de Sèvres.

240 — Deux assiettes du service de Charles IV et Marie-Louise ; sur le marli, trois médaillons de paysages et la tour de Castille, trois fois répétée dans des encadrements de rinceaux et guirlandes dorés ; au fond, un C et un L enlacés. — Porcelaine de Buen-Retiro.

PORCELAINES DE CHINE

241 — Bouteille ovoïde, à piédouche et col cylindrique, à bord légèrement évasé et doré, et deux anses ajourées en aileron. Couverte bleu pâle verdâtre, et décor en relief de rinceaux et fleurs ornementales ; sur chaque face du col, le carac-

tère *Cheou* (longévité). En dessous, un cachet à
la date de Kien-Long (1736-1795). Pied en laque
rouge de Pékin.

242 — Vase à double paroi, composé de trois parties
distinctes mobiles, dont la réunion présente la
forme d'une bouteille ; la panse ovoïde décorée
d'arabesques polychromes sur fond émaillé vert
et percée de quatre ouvertures rondes grilla-
gées de bâtons rompus dorés, sert d'enveloppe
au vase proprement dit de forme cylindrique et
adhérent au col, qui est de forme évasée et
décoré d'arabesques sur fond émaillé rose ; le
culot repose sur un plateau à pied cylindrique
et bord dentelé formant la base de la bouteille.
Période de Kien-Long.

243 — Petit vase turbiné à petit col évasé, décoré
en bleu sous couverte de dragons volant dans
les nuages. — Porcelaine mince. — Socle hexagone à galerie dans lequel s'emboîte le vase.

244 — Cornet affectant la forme d'un Liug-tchy et
portant le long de la tige des rejetons épanouis
— Flambé rouge de cuivre et bleu.

245 — Grande bouteille piriforme à col cylindrique.
— Flambé rouge veiné de bleu. *De La Narde*

246 — Bouteille de même forme. — Flambé rouge.

247 — Vase turbiné, à col légèrement évasé, cerclé
de filets saillants et accosté de deux anses en
ailerons formées par des dragons. — Porcelaine
imitant le bronze. — Pied en bois de fer.

248 — Bouteille ovoïde, à col cylindrique, à couverte flambée de bleu et brun rouge.

249 — Bouteille à corps sphérique surbaissé et col
cylindrique accosté de deux anses en aileron.
Couverte blanche craquelée de noir à grands
réseaux. — Cachet à la date de Kien-Long
(1736-1795).

250 — Deux vases à corps sphérique blanc cra-
quelé de noir portant deux bordures noires
gravées; piédouche orné de dents de loup; col
cylindrique à renflement bleu et ouverture
élargie hémisphérique.

251 — Bouteille à corps ovoïde et col évasé ; fond émaillé jaune d'ocre, décoré, en relief, de tiges fleuries et d'oiseaux en couleurs.

252 — Bouteille à corps sphérique surbaissé et col évasé, à deux anses formées par des têtes d'éléphant ; fond brun rouge très foncé ; sur la panse, partie supérieure en céladon et bande en réserve décorée de nombreux personnages sacrés au milieu de nuages en rouge de cuivre et bleu.

253 — Gourde à deux renflements et petite ouverture cylindrique, fond noir décoré, en émaux de couleur, de paniers fleuris.

254 — Vase sphérique couvert, décoré en couleurs de tiges fleuries symétriques sur fond vert imbriqué de noir.

255 — Paire de potiches couvertes, turbinées, à pied élargi, décorées d'enfants jouant dans un paysage. — Famille verte.

256 — Bouteille à corps sphérique surbaissé et à

col cylindrique renflé à l'ouverture, décorée de
dragons et d'un fong-hoang au milieu de feuillages.

257 — Vase ovoïde à petit col et ouverture entourée
d'un bourrelet; décor bleu rehaussé de rouge
et vert de papillons volant.

258 — Bol hémisphérique, décoré en bleu, au pourtour, de deux fong-hoangs volant parmi des
rinceaux fleuris; le bord est garni d'un cercle
de cuivre. — En dessous, marque au lapin.

259 — Plat creux à bord évasé, à bordure mosaïque
quadrillée, coupée par six réserves de fleurs;
au fond, sujet représentant un Empereur et une
Impératrice faisant faire à des femmes l'exercice
du sabre. — Famille verte.

260 — Deux plats à bord festonné, à marli décoré
d'une bordure mosaïque à quadrillages, médaillons et fonds pailletés; au fond, un fong-hoang
volant au-dessus d'un kilin, dans un paysage.
— Famille verte.

261 — Petit plat à bord godronné et compartiments

contenant des fleurs ; au fond, un rocher entouré de tiges de pivoines et de chrysanthèmes, au-dessus desquelles vole un papillon. — Famille verte.

262 — Petit plat décoré, sur le marli, de quatre groupes de fleurs ; au fond, un cavalier saluant deux dames placées sur un char.

263 — Grand plat décoré, au fond, d'un panier fleuri ; sur le marli, quatre groupes de fleurs.

264 — Très grand plat à ombilic très saillant ; décor en rouge et or : sur l'ombilic, trois bordures concentriques autour d'une rosace ; au fond du plat, cinq bouquets de fleurs ornementées.

265 — Plat creux, décoré d'un médaillon contenant un dragon en rouge volant au-dessous des flots de la mer figurés en bleu ; décor analogue au pourtour extérieur. Nien-hao, à la date de Kang-Hy (1662-1723).

266 — Deux coupes de même forme et à décor identique, portant la date de Kien-Long (1736-1795). — Compagnie des Indes.

38   267 — Plat à bord festonné ; sur le marli, guirlande de fleurs ; au fond, un médaillon contenant une scène familière. — Compagnie des Indes.

40   268 — Deux coupes évasées à bord dentelé et godronné, décorées en plein d'une grue héraldique aux ailes éployées. — Japon.

55   269 — Grand bol, décoré sur le pourtour extérieur de quatre bouquets de chrysanthèmes, pivoines et autres fleurs, et au fond, d'une branche fleurie, en bleu, rouge et or. — Japon.

divise   270 à 279 — Nombreuses assiettes en porcelaine de Chine, du Japon et de la Compagnie des Indes.

PORCELAINES ARMORIÉES

DE LA COMPAGNIE DES INDES

185   280 — Plat portant, au fond, un écu aux armes de France, entouré des colliers de Saint-Michel et du Saint-Esprit.

150   281 — Grand plat à décor de lambrequins, animaux

chimériques et fleurs, en bleu, rouge et or ; au centre, un écu aux armes de la famille *Pamen*, dont le nom est inscrit sur une banderole. — Japon.

282 — Grand plat hexagone, portant sur le marli une bordure mosaïque à six réserves de fleurs ; au fond, un écu timbré d'un casque entouré de lambrequins et portant, comme cimier, un bras dressé tenant une fleur.

283 — Grand plat octogone décoré en bleu sous couverte d'une grande rosace à huit pétales, dont le cœur porte deux écus d'alliance, timbrés d'une couronne de marquis.

284 — Plat décoré en bleu sous couverte d'une double bordure de fleurs et larges feuillages ; au centre, un écu armorié.

285 — Plat long octogone à légère bordure d'or fleuronnée ; sur la chute, des pampres en bleu sous couverte ; au fond, cartouche portant un écu timbré d'un casque à lambrequins.

286 — Grand plat en céladon fleuri blanc ; sur le

marli et descendant sur la chute, un écu timbré d'une couronne de marquis et entouré d'ornements dorés.

287 — Plat décoré, sur le marli, de quatre tiges fleuries en or; au fond, écu timbré d'un casque entouré de lambrequins, portant comme cimier une ancre, avec la devise : *Non deest Spes.*

288 — Petit plat et trois assiettes à marli décoré d'une bordure mosaïque rose coupée par quatre réserves de fleurs; sur la chute, contre-bordure quadrillée verte; au fond, chacune de ces pièces porte une armoirie variée.

289 — Plat octogone fond bleu décoré de rinceaux fleuris en rouge et or; au centre, un écu armorié surmonté d'une banderole portant en lettres d'or le nom : *Corbeau.*

290 — Grand plat ovale à légères bordures d'or; au centre, un écu entouré de lambrequins et portant comme cimier un aigle tenant une flèche dans son bec.

291 — Plat ovale, portant un écu entouré de lambrequins et surmonté d'une couronne ducale.

292 — Plat décoré en bleu, rouge et or ; sur le
marli, bordure de fleurs ; au fond, un cartouche
portant deux écus d'alliance et surmonté d'une
couronne de comte.

293 — Plat creux à légères bordures d'or ; au fond,
un cartouche portant un écu armorié et couronné d'un bandeau de chevalier surmonté de
deux griffes dressées formant cimier.

294 — Plat à large bordure mosaïque, à quatre
réserves de fleurs et quatre rosaces ; au fond, un
écu entouré de lambrequins et timbré d'un
casque portant deux ailes éployées et un groupe
de trois épis comme cimier.

295 — Plat à bord festonné et godronné, décoré de
bordures de fleurs de style européen ; au fond,
un écu timbré d'un casque portant comme
cimier un cerf couché ; au-dessous, une banderole avec l'inscription : *Copia deest.*

296 — Grand plat creux, à marli décoré de trois

arbustes fleuris et portant au fond un écusson timbré d'un casque couronné entouré de lambrequins.

297 — Plat rond représentant, au marli, un petit cerf passant, et, au fond, un écu de sable au cerf d'or passant.

298 — Plat à bord festonné, décoré en camaïeu rose d'une bordure d'ornements de style européen ; au fond, un écu entouré de drapeaux et timbré d'une couronne portant comme cimier une figure de saint.

299 — Plat décoré, en camaïeu bleu, d'une bordure de guirlandes et fleurons ; au fond, un écu portant un lion, supporté par deux griffons et timbré d'un casque couronné de plumes.

300 — Plat portant, sur le marli, cinq groupes de fleurs en bleu sous couverte ; au fond, un écu supporté par deux griffons et timbré d'un casque à cimier surmonté de deux ailes.

301 — Plat à bordure de rinceaux fleuris se déta-

chant sur fond d'or, coupée par un écu armorié,
d'azur au lion d'or; au fond, des rinceaux fleur
en bleu, rouge et or.

302 — Deux plats à barbe circulaires, décorés au
marli de quadrillages bleus avec réserves de
cerfs et de rameaux, et présentant, au fond,
l'un les armes de *Holland* et l'autre celles de
Vlaanderen.

303 — Plat ovale décoré, sur le marli, d'une bordure de faux godrons, et, au fond, d'un écu
timbré d'un bandeau de chevalier surmonté
d'une croix et d'une paire d'ailes.

304 — Plat ovale à contours, décoré, sur le marli,
gaufré, de tiges fleuries en noir et or, et, au fond,
d'un écu timbré d'une couronne de comte.

305 — Plat à bords festonnés, décoré, sur le marli,
d'une bordure de guirlandes, et au fond, d'un
écu entouré d'étendards.

306 — Petit plat décoré, sur le marli, de branches
307 fleuries, et, au fond, d'un écu placé dans un
cartouche et timbré d'une couronne de comte.

307 — Petit plat décoré, sur le marli, de feuilles et rinceaux, et, au centre, de l'aigle à deux têtes d'Autriche. (Surdécoration hollandaise.)

308 — Petit plat décoré, sur le marli, de quatre branches fleuries en bleu, et, au fond, de deux écus d'alliance timbrés d'une couronne de marquis.

309 — Petit plat décoré, sur le marli, en camaïeu bleu, d'arbustes fleuris et d'un lion d'or issant, et, au fond, d'un écu entouré de lambrequins.

310 — Petit plat à bords festonnés, décoré, sur le marli, d'une guirlande de fleurs, et, au fond, d'un écu timbré d'une couronne de marquis et supporté par deux renards.

311 — Petit plat long octogone, à marli gaufré, décoré de guirlandes en couleurs et or ; au fond, un écu ovale timbré d'une couronne ducale avec la devise : *Ave Maria*.

312 — Quatre petits plats longs, à décors variés et armoiries.

313 — Assiette décorée, sur le marli, de bouquets
en couleurs et or ; au fond, sur un cartouche
fond rouge bordé d'or, les armes du comte de
Toulouse, grand amiral de France, timbrées
d'une couronne de prince du sang.

314 — Assiette à bordure analogue ; au fond, deux
écus d'alliance entourés des colliers des ordres,
et placés sur un manteau de pair; au-dessus, une
couronne ducale.

315 — Assiette portant, sur le marli, des tiges
fleuries émaillées en couleurs ; au fond, cartouche portant deux écus d'alliance et timbré
d'une couronne de comte.

316 — Assiette à marli, décorée de trois tiges
fleuries en bleu et or ; au fond, un écu timbré
d'un casque à grands lambrequins.

317 — Assiette portant, sur le marli, une bordure
d'ornements de style européen, en noir et or ;
au centre, sur un support doré, un écu timbré
d'une couronne de comte et supporté par deux
lions.

318 — Assiette à bord festonné, portant, sur le marli, une bordure de rocailles ; au fond, un écu d'azur aux deux poissons d'or posés en pal, accompagnés de trois étoiles, deux une, timbré d'un casque à grands lambrequins.

319 — Assiette à marli décoré d'un fond jaune mosaïque, à huit réserves, contenant alternativement des fleurs et des rosaces ; au fond, dans un encadrement lobé, un écu supporté par un cheval marin et un lévrier.

320 — Assiette décorée, en or et émail bleu, d'une bordure et d'une rosace centrale, dans le style des faïences rouennaises ; sur le marli, un écu supporté par un lion et une lionne.

321 — Assiette à fond émaillé vert, à guirlandes de feuillages d'or symétriques disposées en rayons ; sur le marli, quatre réserves décorées de personnages sur terrasse ; au fond, dans une réserve lobée, un écu d'or aux treize boules d'azur, timbré d'une couronne surmontée d'un chapeau d'évêque.

322 — Assiette à bord festonné ; sur le marli, des

fleurons et des rinceaux ; au fond, un cartouche
doré portant un écu : de gueules au lion d'or.

323 — Compotier à double bordure d'ornements et
de guirlandes enroulées autour d'un large filet
d'or ; au fond, sur un cartouche, deux écus d'alliance timbrée d'un casque couronné, à cimier
formé par un sanglier issant.

324 — Assiette creuse décorée, sur la chute, d'une
bordure mosaïque à quatre réserves de fleurs ;
au fond, un écu répété sur le marli : d'or à
l'écureuil au naturel, timbré d'une couronne de
marquis.

325 — Assiette portant les mêmes armoiries et
décorée de bordures mosaïques en bleu sous
couverte.

326 — Assiette décorée en Hollande ; au fond, dans
un losange bleu, un écu aux armes de La Haye,
le tout posé sur un cartouche entouré de branchages de roses, et surmonté d'une couronne.

327 — Assiette décorée, sur le marli, de quatre

bouquets, et, sur la chute, d'une bordure de fleurs en bleu sous couverte ; au fond, un écu supporté par un lion et un griffon d'or, et timbré d'un casque à cimier, formé par un cygne d'argent.

328 — Assiette décorée, sur le marli, de rinceaux et, au fond, d'un écu bandé d'or et d'azur de six pièces, timbré d'une couronne de marquis, placé sous un baldaquin supporté par deux anges terminés en gaines.

329 — Assiette décorée, sur le marli, de huit bouquets de pivoines et, au fond, d'un écu timbré d'un casque surmonté d'un cerf issant.

330 — Assiette décorée, sur le marli, de trois paysages en noir et or, alternant avec des branches d'or et, au centre, d'un double écu d'alliance timbré d'une couronne de comte.

331 — Assiette décorée, sur le marli, de quatre tiges fleuries émaillées en bleu pâle et, au centre, d'un écu d'azur au lion d'or, dans un cartouche.

332 — Assiette décorée, sur le marli, de quatre

332 groupes d'attributs en noir, rouge et or, et,
au fond, d'un écu écartelé timbré d'un casque à
lambrequins.

333 — Assiette décorée, sur le marli, de fruits et de
bouquets de fleurs et, au fond, d'un écu d'argent
au lion de gueules, timbré d'une couronne ducale et posé sur un manteau de pair.

334 — Assiette décorée, au marli, de trois groupes
d'attributs et d'un lion d'or passant, et, au fond,
d'un écu ovale dans un cartouche.

335 — Assiette décorée, sur le marli, de quatre
écus reliés par des guirlandes et draperies, et,
au fond, d'un double écu d'alliance supporté par
deux lévriers.

336 — Assiette décorée, sur le marli, de trois
groupes d'attributs et d'un aigle de sable
issant, et, au fond, d'un double écu d'alliance,
timbré d'un casque ayant ce même aigle comme
cimier.

337 — Assiette décorée, sur le marli, de pampres
en rouge et or, et, au fond, d'un écu : de gueules
à l'arbre d'or.

338 — Assiette décorée, sur le marli, d'une guirlande d'or, et, au fond, d'un écu : d'azur aux
trois poissons d'argent posés en pal.

339 — Assiette décorée, sur le marli, d'une guirlande d'or, et, au fond, des armes de la famille
de Reverhorst, entourées de huit écus d'alliance.

340 — Assiette décorée, sur le marli, d'une den-
telle d'or, et, au fond, du Temple de l'hyménée,
avec deux écus surmontant les colonnes latérales.

341 — Compotier décoré d'une bordure fleuronnée
en or, et, au fond, d'un écu timbré d'un casque
à lambrequins ayant comme cimier une colombe
tenant un rameau dans le bec.

342 — Compotier décoré d'une bordure de rinceaux
rocaille or et rouge, et, au fond, d'un écu aux
armes des *Domburg*.

343 — Assiette creuse à marli décoré de bordures mosaïques à quatre réserves de fleurs ; au fond, l'aigle d'Autriche portant sur la poitrine un écu aux armes de la ville de Vienne. Porcelaine mince, dite coquille d'œuf.

344 — Compotier décoré en plein d'un paysage aquatique ; au centre, dans un cercle d'or, un écu entouré de lambrequins et surmonté d'ailes d'or.

345 — Assiette portant au fond les armes de Hollande, et, au marli, la devise de la Hollande : *Concordia res Bataviæ crescunt. 1728.*

346 — Assiette à fond émaillé rose, portant sur le marli quatre réserves de branches fleuries en bleu, et, au fond, un écu : d'azur aux trois flèches au naturel, posées en pairle, timbré d'un casque portant comme cimier trois flèches.

347 — Assiette à fond clathré d'or, portant cinq réserves de fleurs, dont l'une contient un écu timbré d'une couronne de comte et supportée par deux léopards ; au centre, un bouquet de pivoines.

348 — Soupière oblongue, à quatre pieds, deux anses et couvercle formés de rocailles, ornées de lambrequins en relief ; écu armorié quatre fois répété et semé de fleurettes en noir et or.

349 — Grande soupière à quatre pieds et deux anses en volute, portant des masques grotesques, et couvercle surmonté d'un groupe de légumes en vert et or ; la panse et le couvercle sont godronnés ; sur chaque face, un écu timbré d'un casque, avec la devise : *Fortitudine et Prudentia*.

350 — Dix-huit tasses et soucoupes à décor et armoiries variés.

351 — Théière sphérique surbaissée, à piédouche portant sur la panse et sur le couvercle un écu : émanché en pal de quatre pointes et une demie de gueules sur or, timbré d'un casque, et soucoupe du même service.

352 à 366 — Environ cent assiettes et compotiers, portant des armoiries, analogues aux précédents.

367-368 — Environ vingt soucoupes et petits plateaux, également armoriés.

369 — Deux saucières et autres pièces de service,
armoriées.

OBJETS EN JADE

370 — JADE GRIS. Coupe à deux compartiments,
composée de fruits de nélumbos, accompagnés
de fleurs et de feuillages. En dessous, un poisson. Pied en bois de fer.

371 — JADE GRIS. Coupe basse, à bord évasé. —
En dessous, Nien-hao, à la date de Kia-king.
1796-1821.

372 — JADE GRIS. Boîte ronde à couvercle plat,
figurant une fleur d'Ibiscus. En dessous, un
cachet à quatre caractères Siao-Tchouan.

373 — JADE GRIS. Cinq petites figurines à têtes
d'animaux.

374 — JADE GRIS. Agrafe de ceinture terminée par
une tête de dragon, et deux boucles en jade vert.

375 — JADE GRIS. Cinq petites pièces : un anneau, une plaque avec inscription, une pendeloque en forme d'anneau, un dauphin et un fruit.

LAQUES

376 — Boîte cylindrique en laque rouge ciselé de Pékin ; au pourtour, deux frises de pivoines superposées ; sur le dessus du couvercle, des objets sacrés.

377 — Boîte en laque rouge ciselé de Pékin, à cinq lobes ; au pourtour, fonds partiels quadrillés et à bâtons rompus ; sur le couvercle, des enfants jouant dans un paysage.

378 — Deux petites boîtes à huit lobes en laque rouge ciselé de Pékin, décorées, sur le couvercle, de paysages avec personnages.

379 — Deux jardinières oblongues à quatre lobes, posées sur un support à quatre pieds ; décor de médaillons avec personnages. Laque rouge ciselé de Pékin.

380 — Support à quatre pieds en console terminés en volute en laque rouge ciselé de Pékin ; le plateau est décoré d'une branche de feuillage portant un oiseau et se détachant sur un fond de quadrillages dorés.

BRONZES CHINOIS ET JAPONAIS

381 — Vase ovoïde à piédouche, col évasé et deux anses latérales formées par des mufles de lion portant des anneaux mobiles en cuivre repoussé, à décor de dragons à quatre griffes dorés, volant dans les nuages laqués en noir et rouge.

382 — Deux brûle-parfums formés par un crapaud à trois pattes, portant sur le dos un acrobate debout.

383 — Personnage debout en robe à larges manches et coiffé d'un bonnet.

384 — Brûle-parfums de forme sphérique surbaissée, à deux anses formées par des masques de lion. Daté de Siouen-Te (1426-1436).

385 — Figurine de personnage portant sur un plateau une coupe à sacrifice ; à ses pieds, un brûle-parfums. Il est élevé sur une base à trois pieds. Bronze partiellement doré. — Chine.

386 — Personnage accroupi et deux petites figurines élevées sur des pieds adhérents. — Bronze chinois.

387 — Cornet à ouverture évasée, de forme quadrangulaire, décoré de grecques et dents de loup et portant à chaque angle une arête saillante. — Bronze chinois.

388 — Vase ovoïde à base élargie quadrangulaire élevé sur quatre pieds ajourés ; l'ouverture est pourvue d'un très large plateau à bord relevé ; autour de la panse du vase, un dragon en relief. — Japon.

389 — Deux petits cornets à décor de grecques et dents de loup, à quatre arêtes saillantes.

390 — Trois pièces : un dragon, un chien de Fô et un cavalier.

391 — Miroir en forme de disque décoré au re-
vers, en relief, d'animaux jouant parmi des
pampres, dans deux compartiments concentriques.

392 — Autre plus petit avec inscriptions.

393 — Sonnette de temple bouddhique et deux petits
brûle-parfums, dont l'un en forme d'animal chi-
mérique.

ÉMAUX CLOISONNÉS ET PEINTS

394 — Chapelle domestique en forme de pavillon
quadrangulaire à toiture en dôme et soubasse-
ment élargi, en bois de fer sculpté ; sur la face,
une porte percée de six ouvertures et, sur
chaque côté, une petite fenêtre formées par des
plaques d'émail cloisonné fond bleu turquoise,
décorées d'animaux chimériques et d'emblèmes
sacrés.

395 — Petit brûle-parfums formé par un oiseau chi-
mérique à queue retombante et formant appui.

Émail cloisonné bleu turquoise, blanc et couleur. Sur le petit couvercle à charnières, la date de Kien-Long (1736-1795).

396 — Deux vases ovoïdes à piédouche et ouverture cylindrique, fond bleu décoré de rinceaux, fruits, chauves-souris, etc., en couleurs ; sur chaque face, une réserve en hauteur contenant un paysage. Nien-hao à la date de Kien-Long (1736-1795). — Émail peint.

397 — Deux petits vases à corps sphérique, piédouche et ouverture très évasée, fond bleu turquoise à rinceaux et fleurons polychromes et deux réserves contenant des paysages avec personnages européens. — Même date. — Émail peint.

398 — Deux grands plats à large bordure, fond jaune à grands rinceaux fleuris polychromes, encadrant un grand médaillon contenant un paysage avec de nombreux personnages. — Émail peint.

OBJETS DIVERS

399 — Garniture de ceinture de femme chinoise, composée de trois plaques, dont deux pourvues d'anneaux ovales en métal ciselé et doré ; la plaque centrale porte au centre un cadran de montre ; les deux autres, un émail européen représentant des enfants jouant au bord d'un bassin où sont des canards ; riche monture ornée de perles et de grenats. — Travail européen du temps de Louis XVI.

400 — Boîte à musique du temps de Louis XVI, en or émaillé, de forme ovale ; sur le couvercle, sujet représentant l'Arrivée de Télémaque et de Mentor dans l'île de Calypso. — Travail de Genève.

401 — Boîte en forme de coquille rose veinée de noir. Monture en cuivre. — Émail de Saxe.

402 — Paire de flambeaux à base quadrangulaire et tige cylindrique enroulée d'une guirlande, en argent ciselé et repoussé.

305 403 — Vitrine contenant une collection d'environ cinquante clous de porte espagnols en fer forgé.

160 404 — Grand plateau en cuivre gravé d'inscriptions et d'arabesques, à bord dentelé. — Travail arabe.

30 405 — Grand plat creux à bord dentelé, à décor gravé ; au fond, une grande rosace ; au pourtour, des inscriptions dans des entrelacs. — Travail arabe.

70 406 — Grand bassin à bord évasé, à décor gravé de rinceaux et d'animaux. — Travail persan.

125 407 — Flambeau de mosquée à base conique déprimée, fût cylindrique et bobèche évasée, à décor gravé de médaillons contenant des cavaliers et des oiseaux, inscriptions, entrelacs, etc. — Travail persan.

Invise 408 à 410 — Six plats en cuivre jaune, à ombilic godronné, entouré d'une inscription gothique. — Travail flamand.

80 411 — Plat en cuivre à rosace centrale entourée de

rinceaux portant des grappes de raisin et des
pampres ; autour, deux inscriptions gothiques
concentriques. — Travail flamand.

412 — Trois autres, à décor de vase, rosaces, etc.
— Travail flamand.

413 — Panneau de meuble rectangulaire, décoré en
haut-relief d'un médaillon à tête d'homme accosté de deux grotesques et de deux oiseaux.
Bois sculpté. — France, xvie siècle.

414 — Panneau de meuble rectangulaire, décoré en
bas-relief d'un motif ornemental à figures et griffons. Bois sculpté. — France, fin du xvie siècle.

415 — Grand plateau rectangulaire en bois, décoré
d'animaux divers en bas-relief et gravés. Es-
pagne (?).

416-417 — Quelques pièces de verrerie espagnole
et allemande.

418 — Sept morceaux de soie brochée, fond rouge,
à médaillons ovales, contenant des oiseaux.
— Travail lyonnais. Louis XVI.

419 — Deux habits et une veste en soie brodée.
— Louis XVI.

420 — Deux morceaux de velours rouge, richement brodé en or; sur l'un, l'agneau pascal, sur l'autre, un calice; dans des encadrements. — Travail espagnol. XVIe siècle.

421 — Lot de vieux velours, dont une partie brodée.

422 — Grand couvre-lit, en soie jaune brodée d'oiseaux et rinceaux, en soies de couleurs. — Travail portugais.

423-424 — Lot de morceaux de soieries et velours d'ameublement.

425 — Lot de passementeries, galons d'or et de soie, franges, etc.

426 à 429 — Quatre robes chinoises, richement brodées, dont trois en pièce.

430 — Morceau de satin rouge, brodé en soie de couleurs de jeux d'enfants. — Travail chinois.

LIVRES ET GRAVURES

431 — **Amman** (Jost). Gynæceum, sive theatrum mulierum, in quo præcipuarum omnium per Europam imprimis nationum, gentium, etc., fœmineos habitus videre est..... *Francof. ad Mœnum, impensis Feyrabendii*, 1586, petit in-4°, mar. rouge, fil., tr. dor., rel. anc.

Recueil de 122 jolies gravures en bois, par Jost Amman, avec une explication en vers latins.

432 — **Balzac.** Les Contes drôlatiques, colligez ez abbayes de Touraine. Édition illustrée par G. Doré. *Paris, Caen*, 1861, in-8°, mar. vert, fil., tête dor., n. rog. *(Capé.)*

Un des 25 exempl. sur papier de Chine.

433 — **Bapst.** Inventaire de Marie-Josèphe de Saxe. *Paris*, 1883, in-4°, br. *Fig.*

434 — **Belloy** (Marquis de). Christophe Colomb. *Paris, Ducrocq*, in-4°, br., *Fig. de Flameng.*

435 — **Béranger.** Œuvres complètes. Édition illustrée de 52 grav. par Lemud, Charlet, T. Johannot, Jacque, etc. *Paris, Perrotin,* 1847, 2 vol. gr. in-8°, mar. rouge, coins, tête dor., n. rog. *(Petit.)*

> Premier tirage.
> On a ajouté : 6 portraits par Hopwood, Charlet, Staal et Scheffer. — La suite de 104 vignettes sur Chine, par Bellangé, Charlet, T. Johannot, etc. — La suite de 120 vignettes sur Chine, de Grandville.

436 — **Bertall.** La Comédie de notre temps. — La Vie hors de chez soi. — La Vigne. *Paris, Plon,* 1874-78, 4 vol. gr. in-8°, br. *Fig.*

437 — **Boccace.** Il Decamerone. *Londra (Parigi),* 1757, 5 vol. in-8°, v. marb., tr. dor. *Figures et vignettes de Gravelot, Cochin, Eisen.*

438 — **Catalogues illustrés** d'eaux-fortes, de ventes de tableaux et objets d'art. Collections San Donato, Wilson, Defoer, Beurnonville, etc.

439 — **Cham.** Punch à Paris, 1850, in-4°, br. *Fig.*

440 — **Champfleury.** Les Chats. 5e édit. aug-

mentée. *Paris, Rothschild,* 1870, gr. in-8°, br.
Eaux fortes et pl. en couleur.

441 — **Chants** et Chansons populaires de la
France. *Paris, Delloye,* 1843, 3 tomes en 1 vol.
petit in-4, demi-rel. mar. bleu, coins, tête dorée,
n. rog. *(Bauzonnet-Trautz.)*

> Illustrations de Meissonier, Daubigny, Grandville,
> Steinheil, etc.

442 — **Contes et nouvelles** en vers par La Fontaine, Vergier, Grécourt, Dorat, etc. *Paris,
Leclère,* 1862, 4 vol. in 8°, br., vignettes. *Grand
papier.*

443 — **De Foë.** Robinson Crusoé. Édit. illustrée
par Grandville. *Paris, Fournier,* 1840, gr. in-8°,
demi-rel. mar. vert, coins, tête dorée, n. rog.
(Petit.)

> Premier tirage auquel on a ajouté : 3 portraits de
> De Foë. — La suite de vignettes de Stothart. — La
> suite de Devéria, sur Chine, avant la lettre. — La suite
> de Gavarni, sur Chine.

444 — **Delvau.** Histoire anecdotique des Cafés et
Cabarets de Paris. *Paris, Dentu,* 1862, in-12, br.
Eaux-fortes de Rops, Courbet, etc.

445 — **Delvau**. Les Cythères Parisiennes. *Paris, Dentu*, 1864, in-12, br. *Eaux fortes de Rops.*

446 — **Dovalle**. Le Sylphe, poésies par feu Ch. Dovalle, préface par V. Hugo. *Paris, Ladvocat,* 1830, in-8°, demi-rel. mar.

Exempl. sur papier bleu.

447 — **Gavarni**. La Correctionnelle. Petites causes célèbres. *Paris, Martinon*, 1840, in-4°, cart., 100 pl.

448 — **Gavarni**. Œuvres choisies. *Paris, Hetzel,* 1846, 4 vol. gr. in-8°, en feuilles.

449 — Les mêmes. 2 vol. gr. in-8, en feuilles.

Exemplaire sur papier de Chine, très rare. Tomes I et II, contenant : Les Enfants terribles, les Lorettes, les Actrices, Fourberies de femmes, Clichy, Paris le soir.

450 — **Grandville**. Scènes de la vie privée et publique des animaux. *Paris, Hetzel,* 1842, 2 vol. gr. in-8°, br.

Exempl. avec les figures sur Chine.

451 — **Heptaméron français**. Les Nouvelles de Marguerite, reine de Navarre. *Berne*, 1780, 3 vol. in-8°, mar. vert, tr. dor. *(Allô.)*

Figures de Freudenberg et vignettes de Dunker.

452 — **Hugo** (V.). Notre-Dame de Paris. Édition illustrée par T. Johannot, Lemud, Meissonier, d'Aubigny, etc. *Paris, Perrotin*, 1844, gr. in-8°, demi-rel. mar. bleu, coins, tête dorée, n. rog., couvert. *(Petit.)*

Bel exemplaire du premier tirage, auquel on a ajouté : 2 portr. de V. Hugo. — La suite des vignettes sur Chine, par T. Johannot, Raffet. — La très rare eau-forte sur Chine, avant la lettre, de l'Enlèvement d'Esméralda, par T. Johannot. — Le Cardinal Balue, par Thompson, sur Chine.

453 — **Hugo** (V.). Les Travailleurs de la Mer. Édit. illustrée avec les dessins de V. Hugo. *Paris*, 1866, gr. in-8°, demi-rel. mar., n. rog. *(Reymann.)*

Papier de Chine.

454 — **Jacque** (Ch.). Eaux-fortes, 1865. 2 portef. in-fol.

Épreuves avant la lettre.

6   455 — **Janin**. Les Petits Bonheurs. Les Symphonies de l'hiver. *Paris, Morizot,* 2 vol. gr. in-8°, br. *Fig. de Gavarni.*

10   456 — **Karr** (A.). Les Guêpes hebdomadaires. 1848. 13 n^os gr. in-8°. *Fig.*

80   457 — **La Fontaine**. Fables. Édition illustrée par David. *Paris, Armand-Aubrée,* 2 vol. gr. in-8°, demi-rel. mar. vert, coins, têtes dor., n. rog. *(Petit.)*

> On a ajouté : 2 portraits par Devéria et Hopwood. — Les Médaillons de Bergeret, avant la lettre. — La suite de vignettes, par T. Johannot, état d'eaux-fortes. — La suite de Desenne, état d'eaux-fortes.

4.50   458 — **Laurent de l'Ardèche**. Histoire de Napoléon. *Paris, Dubochet,* 1840, gr. in-8°, en feuilles, préparé pour la rel. *Fig. de H. Vernet.*

15   459 — **L'Épine**. La Légende de Croque-Mitaine. *Paris, Hachette,* 1863, in-4°, br. *Fig. de G. Doré.*

80   460 — **Le Sage**. Histoire de Gil Blas de Santillane. *Paris, Lefèvre,* 1820, 3 vol. gr. in-8°, demi-rel.

mar. bleu, coins, têtes dor., n. rog. *(Petit.)*

Grand papier vélin, avec les fig. de Desenue, avant la lettre.

On a ajouté : Plusieurs portraits et la suite rare des vignettes de Smirke, épreuves sur Chine, grandes lettres grises.

461 — **Longus**. Les Amours pastorales de Daphnis et Chloé. *Paris,* 1718 (1745), in-12, *fig. du Régent,* mar. rouge, fil., dent., tr. dor. *Reliure ancienne.*

462 — **Maistre** (X. de). Voyage autour de ma chambre. *Paris, Tardieu,* 1861, in-12, mar. bleu, tête dorée, n. rog., vignettes *(Allô.)*

463 — **Médaillons,** Sujets mythologiques et allégoriques gravés en couleurs, par Sandoz, Phelyppeaux et autres. *A Paris, chez Joubert,* 2 vol. pet. in-8°, v.

Exemplaire portant le chiffre de la Bibliothèque de l'empereur Paul de Russie.

464 — **Molière**. Œuvres. *Amsterdam,* 1735, 4 vol. in-12, demi-rel. mar. rouge. *Portr.*

465 — **Molière**. Théâtre. Édition collationnée sur

les textes originaux. *Lyon, Scheuring,* 1864,
8 vol. *Eaux-fortes par Hillemacher.* — Galerie
des portraits des Comédiens de la troupe de
Molière. 2ᵉ édit. 1869. Ens. 9 vol. in-8°, br.

466 — **Perrault**. Les Contes des Fées. *Paris,
Impr. Impér.,* 1864, in-8°, mar. br., fil., dent.,
tête dor., n. rog. *Fig. (Allô.)*

Un des 25 exemplaires sur papier de Chine.

467 — **Physiologies** publiées par Aubert, Laisné,
Havard, etc. 80 vol. in-18, br. *Fig. de Gavarni,
H. Monnier, Daumier, etc.*

468 — **Prévost.** Aventures du chevalier Des Grieux
et de Manon Lescaut. *Londres,* 1734, in-12,
mar. br., tr. dor.

469 — **Prévost**. Histoire de Manon Lescaut. *Paris.
Bourdin,* gr. in-8° en feuilles, préparé pour la rel.
Fig. de T. Johannot.

470 — **Racine**. Théâtre. *Paris, Jouaust,* 1873,
4 vol. in-8°, br. *Eaux-fortes par Hillemacher et
suite des vignettes de Desenne.*

471 — Saint-Pierre (Bernardin de). Paul et Virginie et la Chaumière indienne. *Paris, Curmer,* 1838, 2 vol. gr. in-8°, demi-rel. mar. rouge, coins, têtes dor., n. rog. (*Petit.*)

Illustrations de T. Johannot, Meissonier, etc. Premier tirage.

On a ajouté : 7 portraits, dont 5 sur Chine, avant la lettre. — La suite de 12 vignettes de Desenne, sur Chine, avant la lettre. — La suite de 19 vignettes de Corbould, sur Chine, avant la lettre. — La suite de 6 vignettes de Moreau et Prudhon, sur Chine, avant la lettre. — Diverses vignettes, par Laffitte, Smith, Beyer, etc.

472 — Sue (E.). Le Juif-Errant. *Paris, Paulin,* 1845, 4 vol. gr. in-8°, br. *Fig. de Gavarni.*

473 — Vibert (J. G.) Œuvres gravées à l'eau-forte dans son atelier et sous sa direction. *Paris,* 1875, 10 planches in-fol.

Épreuves d'artiste, sur Japon.

474 — Vignettes et gravures pour l'illustration des livres. (*Ce lot sera divisé.*)

474 *bis* — Jacque (Ch.). La Bergerie. Eau-forte, in-4°.

Épreuve d'artiste.

ŒUVRE D'HENRI MONNIER

475 — Portraits d'Henri Monnier, par Gavarni, Daumier, E. Lami, etc. 15 pl.

476 — Récréations du Cœur et de l'Esprit. 1826. Couvert. et 6 pl. coloriées, in-4°, toute marge.

477 — Les mêmes. 6 pl. en noir.

478 — Esquisses Parisiennes. 1827. Couvert. et 10 pl. coloriées, in-4°, toute marge.

479 — Les mêmes. 8 pl. en noir.

480 — Récréations du Cœur et de l'Esprit, 1827. Couvert. et 38 pl. coloriées, in-4°, toute marge.

481 — Mœurs parisiennes. 1828. Couvert. et 10 pl. coloriées, in-4°, toute marge.

482 — Mœurs administratives. Première série. 1828. Titre et 6 pl. coloriées, in-4°, toute marge.

12   483 — Les mêmes. Titre et 6 pl. en noir.

102   484 — Mœurs administratives. Deuxième série. Titre
            et 12 pl. in-4°, coloriées, toute marge.

20   485 — Les mêmes. 12 pl. en noir.

90   486 — Six quartiers de Paris. Titre et 6 pl. colo-
            riées, in-4°, toute marge.

62   487 — Les mêmes. Titre et 6 pl. en noir.
31

102   488 — Le Tems. 9 pl. in-4°, coloriées, toute marge.

105   489 — Les Grisettes. *Paris, Delpech*, 1829. Couvert.
            et 6 pl. coloriées, toute marge.

36   490 — Les mêmes. 6 pl. en noir.

400   491 — Les Grisettes, dessinées d'après nature par
            H. Monnier, *Paris, Gaugain et Ardit*, in-4°,
            demi-rel. v., n. rog. *51 planches coloriées.*

65   492 — Les Petites Félicités humaines. *Paris, Delpech*,
            titre et 5 pl. coloriées, toute marge.

493 — Les mêmes. 5 pl. en noir.

494 — Les Petites Misères humaines. *Paris, Del-*
pech, titre et 5 pl. coloriées, toute marge.

495 — Les mêmes. 5 pl. en noir.

496 — Les Contrastes. *Paris, Heullin,* couvert. et
6 pl.

497 — Rencontres parisiennes, Macédoine pitto-
resque. Croquis d'après nature. *Paris, Heullin,*
couverture-titre et 39 pl. coloriées, in-4°, toute
marge.

498 — Les mêmes. Couvert. et 41 pl. en noir, dont
30 épreuves d'artiste avant toute lettre et
variantes.

499 — Rencontres parisiennes. Série tirée à part,
6 pl. en noir, toute marge.

500 — Les Gens sans façon. 5 pl. coloriées, toute
marge.

501 — Les mêmes. 4 pl. en noir.

502 — Impressions de voyage. *Paris, Aubert,* 6 pl. coloriées, toute marge.

503 — Les mêmes. 6 pl. en noir.

504 — Vues de Paris dessinées d'après nature, 1829, titre et 4 pl. coloriées, toute marge.

505 — Les mêmes. 4 pl. en noir.

506 — Boutiques de Paris. *Paris, Delpech,* 6 pl. coloriées, in-4°.

507 — Les mêmes. 6 pl. en noir.

508 — Nos Contemporains. *Paris, Aubert,* 1 pl. coloriée.

509 — Les mêmes. 3 pl. en noir.

On y a joint 3 pl. avant toute lettre, non publiées mais se rattachant à la série.

510 — Distractions. 1832. 2 pl. in-fol. coloriées, toute marge.

130 511 — Jadis et aujourd'hui. 1829, titre et 18 pl. in-4° coloriées, toute marge.

9 512 — Les mêmes. 13 pl. en noir.

6 513 — Soirées de Paris. *Paris, Delpech*, 2 pl. in-4°, coloriées.

514 — Les mêmes. 2 pl. en noir.

45 515 — Esquisses morales et philosophiques. *Paris, Delpech*, 1830, couvert. et 7 pl. coloriées, toute marge.

5 516 — Les mêmes. 4 pl. en noir.

517 — Album des soirées. 1 pl. in-4°.

9 518 — Paris vivant. *Paris, Aubert*, 4 pl. in-4°, coloriées, toute marge.

519 — Le même. 4 pl. en noir.

45 520 — Paris vivant. *Paris, Bernard*, 20 pl. pet. in-4°, coloriées, toute marge.

521 — Le même. 10 pl. en noir.

522 — Scènes du jour. Les Péchés capitaux. *Paris,
Delpech*, titre avant la lettre et 12 pl. coloriées,
in-4°.

523 — Les mêmes. 6 pl. en noir, avant toute
lettre, non publiées mais se rattachant à la
série.

524 — Les Marionnettes, 5 pl. coloriées.

525 — Les mêmes. 3 pl. en noir.

526 — Passe-tems. *Paris, Delpech,* 6 pl. in-4°, coloriées.

527 — Les mêmes. 6 pl. en noir.

528 — Postillons et Cochers. *London, Jones,* 4 pl.
coloriées, toute marge.

529 — Cochers des vivants et des morts, 1 pl. coloriée.

530 — Cochers. *Londres*, 1826, 1 pl. en noir.

531 — Exploitation générale des modes et ridicules de Paris et Londres. *Paris, Gihaut,* 1 titre et 10 pl. in-4°, coloriées, toute marge.

532 — Modes et ridicules, 2° suite. *Paris, Gihaut,* 6 pl. coloriées, in-4°, toute marge.

533 — Les mêmes. 6 pl. en noir.

534 — Boutades. *Paris, Delpech,* couvert. et 6 pl. coloriées, toute marge.

535 — Les mêmes. Titre et 4 pl. en noir.

536 — Vignettes extraites des différents manuels, 10 pl. in-8°, coloriées.

537 — Vignettes extraites de la Revue *la Silhouette,* 1830, 6 pl. in-4°, coloriées.

538 — Les mêmes. 5 pl. en noir.

539 — Vignettes extraites du Journal *la Caricature* et autres. 15 pl. in-4°, coloriées.

540 — Les mêmes. 9 pl. en noir

541 — Vignettes extraites de l'*Histoire des Bêtes parlantes,* 1828, titre et 3 pl. in-8°, coloriées.

542 — Vignettes extraites de différents ouvrages, 8 pl. en noir et en couleurs.

543 — Vignettes de romances, 5 pl. noires et coloriées.

544 — Vignettes diverses. 35 pl. noires et coloriées dont 20 avant la lettre.

545 — Vignettes libres. Série de 4 pl. in-4°, coloriées.

546 — Proverbes. 1 pl. in-4° coloriée, toute marge.

547 — Chansons de Béranger. Suite de 40 vignettes in-8°, coloriées (1re et 2e séries).

548 — Les mêmes. 30 pl. en noir.

549 — Chansons de Béranger. Nouvelles vignettes.

3ᵉ et 4ᵉ séries. Couvert. et 30 pl. in-8°, coloriées.

550 — Chansons de Béranger. Grandes vignettes. 17 pl. en noir.

551 — Lithographies d'après les chansons de Béranger, publiées par Bernard et Delarue. Première série. Couverture et 12 pl. in-4° obl. coloriées, toute marge. (Très rare.)

552 — Les mêmes. Deuxième série. Couverture et 12 pl. coloriées.

553 — Le Mariage. 4 pl. in-18, coloriées.

554 — Répertoire du Théâtre de Madame. Couvert. et 4 pl. in-18, coloriées.

555 — Galerie théâtrale, *Paris, Ardit*. Couvert. et 24 pl. in-4°, coloriées, toute marge.

556 — La même. Couvert. et 22 pl. en noir.

557 — Acteurs et actrices. *Paris, Ardit*, 17 pl. in-8°, coloriées.

558 — Les mêmes. 14 pl. en noir.

559 — L'Art en province. Costumes bourbonnais. 1 pl. in-4°, coloriée.

560 — Page isolée. Un Tuteur. 1 pl. in-4°, coloriée.

561 — Galerie contemporaine. *Paris, Delpech,* 2 pl. in-4°, coloriées.

562 — Petites Misères. *Paris, Aubert,* 2 pl. in-4°, coloriées.

563 — Scènes populaires. 1839, 2 pl. in-4°, noire et coloriée.

564 — Code civil illustré. 2 pl. in-4°, en noir.

565 — Vignettes diverses. 1860. 9 pl. in-4°, en noir.

566 — Pasquinades. 10 pl. in-fol., coloriées.

567 — Voyage en Angleterre, par E. Lami et H. Monnier. *Paris, Didot,* 1830, couvert. et 11 pl. coloriées. Toute marge.

568 — Le même. 10 pl., en noir.

569 — Paris-Londres. 1 pl. coloriée.

570 — Types et scènes populaires. 2 pl. in-fol., en noir.

571 — Diverses vignettes extraites des journaux. 11 pl.

572 — Les Français peints par eux-mêmes. 38 pl. in-8°, coloriées.

573 — La Morale en action des Fables de la Fontaine. *Paris,* 1828. Couvert. et 16 pl. in-8°.

574 — Les Industriels, métiers et professions, par E. de La Bédollière. 1842, in-8°, br. 100 dessins, par H. Monnier.